AF357941

Tableaux

ANCIENS

TABLEAUX

ANCIENS

CONDITIONS DE LA VENTE

Elle sera faite au comptant ;

Les acquéreurs payeront *dix pour cent* en sus des enchères.

CATALOGUE

TABLEAUX ANCIENS

PAR OU ATTRIBUÉS A

**Bronzino, Cappelle (Van), David (Louis), Desportes (François),
Dou (Gérard), Dyck (Antoine Van), Fragonard,
Gérard (Mⁱˡᵉ Marguerite), Goyen (Van), Hals (Dirk), Héda,
Largillière, Lemoyne, Le Nain, Leprince,
Loo (Van), Mieris (G.), Moreelse, Mostaert, Neefs (Peter),
Ostade, Oudry, Ruysdael,
Santerre, Schall, Trémollière, Velde (Van de), Vestier,
Wouwerman, etc.**

APPARTENANT A DIVERS AMATEURS

DONT LA VENTE AURA LIEU

HOTEL DROUOT, SALLE N° 6

Le Vendredi 17 Juin 1910

à deux heures et demie

EXPOSITION PUBLIQUE : Le Jeudi 16 Juin 1910

de deux heures à six heures

<table>
<tr><td>Mᵉ LAIR-DUBREUIL</td><td>M. Henri HARO</td></tr>
<tr><td>COMMISSAIRE-PRISEUR</td><td>PEINTRE-EXPERT</td></tr>
<tr><td>6, rue Favart, 6</td><td>14, rue Visconti, et rue Bonaparte, 20</td></tr>
</table>

TABLEAUX ANCIENS

BEECHEY
(SIR WILLIAM)
(1753-1839)

1 — *Portrait d'Homme.*

Vu de buste, sa tête expressive et énergique, aux cheveux blancs, se détache sur un fond bleuâtre. Il est vêtu d'une redingote brune, croisée sur le devant, qui nous laisse voir sa large cravate blanche.

Toile. Haut., 76 cent ; larg., 64 cent.

BIESSCHOP
(A.)

2 — *Le Dindon.*

Sur un fût de colonne brisée, un dindon blanc se tient perché. Au premier plan, une poule surveille ses poussins. Dans les arbres voltigent un martin-pêcheur, un perroquet et d'autres oiseaux. A gauche, sous l'arcade d'un pont, on aperçoit un fond de paysage.

Signé à droite et daté 1724.

Toile. Haut., 1 m. 45; larg, 1 m. 05.

Cadre en bois sculpté.

BOTH

(JEAN)

3 — *Paysage et figures (effet de soleil levant).*

Sur une route pittoresque longeant des collines rocheuses,
des paysans cheminent conduisant leurs mulets chargés.
Plus loin, un berger accompagne deux bœufs. Un petit cours
d'eau, sortant à gauche des rochers, passe sous un pont et
se déverse dans un grand étang ombragé. Au loin, s'étend la
campagne.

Bois. Haut., 60 cent.; larg., 73 cent.

BREKELENKAMP

(ATTRIBUÉ A)

4 — *La Cuisinière.*

Une jeune cuisinière, dont la robe brune est recouverte d'un
tablier blanc, est occupée à éplucher une carotte sur une
planchette. Sur la table gisent épars différents légumes. En
bas et à gauche, un chat jette des yeux voraces sur des poissons
posés dans une écuelle de grès. Au fond, un escalier et une
armoire supportant des pots et des assiettes. La chambre est
éclairée par une petite lucarne en haut à gauche.

Bois. Haut., 62 cent.; larg., 48 cent.

BOTH

BRONZINO

(ALLORI dit Le)

(1535-1607)

5 — *Portrait de Jeune Homme.*

Il est debout, vu jusqu'aux genoux, se détachant sur un
rideau vert, le bras gauche appuyé sur un motif d'architecture,
la main droite tenant un mouchoir. Les yeux sourient sous les
sourcils arqués; les cheveux blonds retombent en mèches
capricieuses sur le front. Il est vêtu de noir; le cou dégagé est
pris dans un col de dentelles.

Bois. Haut., 1 m. 21; larg., 87 cent.

Cadre en bois sculpté.

CAPPELLE

(JEAN VAN DER)

6 — *Marine.*

Par une atmosphère matinale et dorée, quelques bateaux
s'apprêtent à partir. A gauche, le long du quai, des voiliers
embarquent des matelots, et un canot conduit des soldats a un
petit navire déjà plein de marins que nous voyons à droite et
qui se reflète dans l'eau limpide. Un autre canot y aborde déjà.
Plus loin, on aperçoit une frégate et d'autres voiliers. Du ciel
nuageux s'échappent quelques rayons de soleil qui viennent
tomber sur la mer calme, sur laquelle çà et là voltigent
quelques mouettes.

Signé du monogramme sur le bateau de droite.

Bois. Haut., 64 cent., larg., 87 cent

CAPPELLE

(JEAN VAN DER)

7 — *Marine*.

La mer est peuplée de bateaux; ici une sorte de bac trans-
porte des chevaux; là un navire appareille; çà et là circulent
de petits canots remplis de soldats; au fond, de nombreux
voiliers. Quelques nuages sont éclairés par le soleil.

Toile. Haut., 48 cent.; larg., 60 cent.

Cadre en bois sculpté.

COURTOIS

(JACQUES *dit* LE BOURGUIGNON)

8 — *Combat de Cavalerie*.

Toile. Haut., 97 cent.; larg., 1 m. 90.

Cadre en bois sculpté.

COURTOIS

(JACQUES *dit* LE BOURGUIGNON)

9 — *Combat de Cavalerie*.

Pendant du précédent.

Toile. Haut., 97 cent.; larg., 1 m. 90.

Cadre en bois sculpté.

DAVID

(LOUIS)

(1748-1825)

10 — *Portrait présumé de la duchesse d'Orléans.*

Elle est représentée de face, vue jusqu'à la taille. Son visage aux pommettes saillantes, au nez fin, est entouré d'un bonnet de dentelles d'où dépassent sur les tempes quelques boucles de cheveux noirs. Quelques fleurs sont piquées dans ses cheveux. Elle est vêtue d'un corsage noir, orné de dentelles.

Signé à gauche.

Toile. Haut., 65 cent.; larg., 54 cent.

DESPORTES

(FRANÇOIS)

(1661-1743)

11 — *Cygnes et Canards.*

Dans une mare, deux cygnes détachent leur blanc plumage sur un mur de pierre à demi-caché dans la verdure. Autour d'eux, quelques canards s'ébattent.

Signé à droite et daté.

Toile. Haut., 1 m. 17; larg., 1 m. 43.

DOU

(GÉRARD)

(1613-1675)

12 — *Portrait d'une Dame de qualité.*

Elle est debout, vue jusqu'aux genoux, légèrement tournée
de trois quarts. La tête finement exécutée, et dont les cheveux
sont rejetés en arrière, est coiffée d'un petit bonnet blanc. Elle
est vêtue d'une robe noire, à col et manchettes de dentelles.
Sa main droite ornée, ainsi que la gauche, d'une bague et d'un
bracelet, est posée sur une table, recouverte d'un tapis brun
rouge, sur laquelle sont placés un gros livre à fermoir et un
coffret de fer forgé. Une tenture brun rouge également retombe
des deux côtés du portrait.

Forme ovale. Bois. Haut., 49 cent.; larg., 39 cent.

(*Collection du marquis Forbin-Janson*).

Décrit dans les maitres hollandais du xviie siècle du Dr.
Hofstede de Groot.

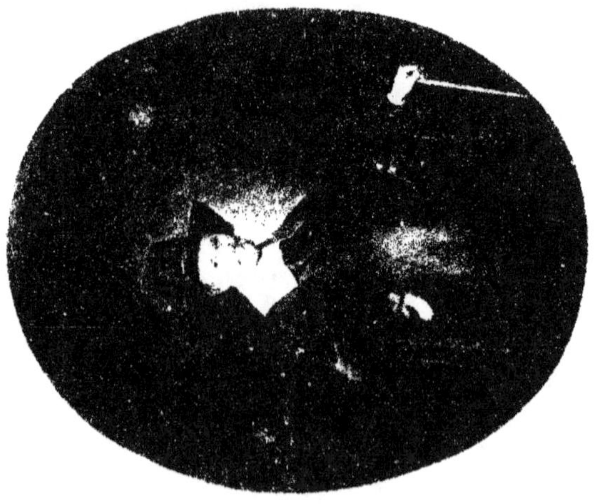

DOU

Portrait d'une Dame de qualité

13

14.100

12

14860

DOU

(GÉRARD)

13 — *Portrait d'un Gentilhomme.*

Vu jusqu'aux genoux, il se détache sur un fond verdâtre. Sa
tête, aux yeux et à la mâchoire énergiques, est coiffée d'un
chapeau brun. Il porte une veste et une culotte brunes ; un
manteau de même couleur est accroché sur son dos et passe
sur son bras gauche. Une collerette blanche enserre son cou
et un baudrier, orné de dorures, supporte une épée dont la
garde est finement ciselée. Il pose la main droite sur la hanche
et, de la gauche, tient un bâton. Une tenture brun rouge tombe
du haut du tableau.

Signé à droite.

Bois. Forme ovale. Haut., 40 cent ; larg., 30 cent.

(Collection du marquis Forbin-Janson.)

Décrit dans les maîtres hollandais du XVII⁰ siècle du Dr.
Hofstede de Groot.

DOU

(GÉRARD)

14 — *Le Dessinateur.*

Éclairé par la lueur d'une bougie, un jeune homme vêtu
de brun est assis sur un fauteuil, au bord d'une table, et dessine
à la plume sur un grand cahier.

Devant lui se trouve son modèle, un plâtre représentant un
homme jouant du violon. Sur la table recouverte d'un tapis
rouge, divers objets sont posés. Ici un étui et une boîte à
poudre, à gauche une sorte de sac, au fond une sphère. La
scène est entourée d'un petit cadre d'où tombe une draperie
brun rouge.

Bois. Haut., 30 cent.; larg., 25 cent

DUPLESSIS-BERTAUX

15 — *La Cantinière.*

Bois. Haut., 15 cent.; larg., 20 cent

DYCK

(ANTOINE VAN)

(1599-1641)

16 — *Portrait d'un Abbé mitré.*

Il est vu jusqu'aux genoux, de trois quarts à droite, assis dans un fauteuil couvert de velours rouge et clouté d'or; de la main droite, ornée de l'anneau pastoral, il tient son bréviaire; et de la gauche, appuyée sur le bras du fauteuil, il fait un geste.

Les cheveux blancs sont coiffés d'une haute barrette et un petit col de linge montant autour du cou est ouvert sous le menton. Son visage exprime une volonté bienveillante; il porte une pèlerine noire sur sa robe de bure blanche. Une croix d'or pend sur sa poitrine.

A droite et vers le fond, au delà d'un parvis carrelé, une porte monumentale, dominée par une statue de la Vierge, laisse apercevoir une abbaye.

A gauche, sur un socle de pierre, que drape un rideau damassé, des armoiries aux insignes épiscopales.

Toile. Haut., 1 m. 10; larg., 1 m. 15.

(Collection princesse Mathilde.)

(Collection Ch. Sedelmeyer.)

ÉCOLE FRANÇAISE

(XVIIIᵉ SIÈCLE)

17 — *Portrait d'Homme.*

Il est debout, le bras légèrement appuyé contre un balcon
en pierre; la tête, vue de trois quarts, est tournée vers la gauche.
Son riche costume en brocart d'or est rehaussé de broderies de
couleur; le col entr'ouvert laisse apercevoir la chemisette
garnie de dentelles, et un large manteau de velours rouge est
jeté sur son épaule.

On a pensé que ce tableau devait être attribué à Watteau
et pourrait bien représenter le maitre de ballets Pécourt. Il est
à remarquer dans la physionomie de ce personnage une res-
semblance avec le Gilles et avec différents pierrots qui sont
dans les compositions de Watteau.

Toile. Haut., 80 cent.; larg., 64 cent.

(Collection Mercier de Niort.)

ÉCOLE FRANÇAISE

18 — *Portrait présumé de Vittorio-Amedeo II, duc de Savoie, roi de Sardaigne.*

Il est représenté jusqu'à la taille, la main sur la hanche. Sa
tête au nez recourbé est vue de trois quarts. Il porte une
cuirasse sur sa veste bleue. Un manteau rouge retombe
derrière son dos. Sur une table à droite sont posés une
couronne et un sceptre.

Toile. Haut., 84 cent.; larg., 64 cent.

ÉCOLE FRANÇAISE

19 — *Enlèvement d'Europe.*

Dessus de porte.

Toile. Haut., 93 cent.; larg., 1 m. 39.

ÉCOLE FRANÇAISE

20 — *Bacchus et Ariane.*

Dessus de porte.
Pendant du précédent.

Toile. Haut., 93 cent.; larg., 1 m. 39.

ÉCOLE HOLLANDAISE

21 — *Le Prodigue.*

A gauche, près de la fenêtre, et éclairé par un bel effet de lumière, un homme, vêtu d'un gilet jaune et d'une culotte rouge, est assis entouré d'un groupe de femmes qui s'entendent à merveille pour le voler. L'une d'elles, pour le griser, lui verse abondamment à boire dans un verre qu'il tend de son bras gauche, une autre lui caresse le visage, derrière lui une autre femme lui tient sa pipe tandis que sa compagne accroupie cherche à prendre ce qu'il a dans ses poches.

Derrière le groupe, le maître de la maison soulève un rideau pour voir si tout se passe comme il le désire.

A droite, quelques instruments de musique, au fond un homme boit à une table, et une vieille femme passe sa tête par l'entre-bâillement d'une petite porte.

Bois. Haut., 59 cent.; larg., 68 cent.

ÉCOLE FRANÇAISE

Enlèvement d...

B...

ÉCOLE FRANÇAISE

Bacchus et Ariane...

ÉCOLE HOLLANDAISE

La Présen...

45

(BN) 800

21

1600

ÉCOLE HOLLANDAISE

22 — *Portrait d'Homme*.

Vu de trois quarts, il est vêtu d'un manteau noir à collerette blanche et pose la main gauche sur sa poitrine. Ses cheveux châtains retombent sur ses épaules.

Toile. Haut., 80 cent.; larg., 67 cent.

FRAGONARD

(ATTRIBUÉ À)

23 — *Le Marchand d'Orviétan*.

Assise et accoudée sur des oreillers et des coussins, une jeune femme, vêtue d'un peignoir blanc et d'un bonnet de nuit, est malade. Elle a fait venir le marchand d'orviétan qui apporte la précieuse drogue enfermée dans une ampoule de verre tenue délicatement entre ses mains.

Il porte un costume oriental, veste rouge à bordure de fourrures, culotte jaune, ceinture verte et turban. Au fond, par l'ouverture de la porte, on aperçoit de nombreux curieux voulant sans doute observer la guérison. Derrière une table recouverte d'un tapis blanc, une servante apporte un potage fumant. A gauche, une vieille femme dans son lit. Çà et là, par terre, sur une chaise, différents médicaments.

Toile. Haut., 53 cent.; larg., 65 cent.

Cadre en bois sculpté.

FRAGONARD

(ATTRIBUÉ A)

24 — *Trois dessus de porte représentant l'Architecture, la Peinture et la Sculpture.*

Toile. Mesures du premier : haut., 84 cent.; larg., 1 m. 31.

Toile. Mesures du second : haut., 75 cent.; larg., 1 m. 35.

Toile. Mesures du troisième : haut., 70 cent.; larg., 1 m. 41.

GÉRARD

(MADEMOISELLE MARGUERITE)

25 — *La Lettre interceptée.*

Un jeune et élégant chevalier, richement vêtu d'une veste verte et d'une culotte grise, un grand manteau rouge accroché à son épaule et un chapeau à panache de plumes rouges et blanches sur la tête, présente une lettre décachetée à une jeune femme debout en face de lui. Celle-ci, toute en blanc, pleure et porte un mouchoir à ses yeux, pendant qu'une servante éplorée la retient par la taille. Une vieille femme, derrière elle, lui apporte un fauteuil. A gauche, deux jeunes gens causent sous une tenture. A droite, un grand rideau grenat retombe sur le lit. Le plafond est soutenu par des cariatides de pierre et le sol est de marbre.

Toile. Haut., 46 cent.; larg., 56 cent.

Cadre en bois sculpté.

GOYEN

(JEAN VAN)

(1596-1666)

26 — *Le Vieux Château.*

A gauche, une route monte en longeant la rivière, et conduit
à un vieux château-fort dont les tourelles et les créneaux se
détachent sur le ciel nuageux. Il domine le fleuve qui, à droite.
s'enfonce au loin dans la campagne et est sillonné de quelques
voiliers.

Signé en bas à gauche du monogramme et daté 1640.

Bois. Haut., 47 cent.; larg., 64 cent.

GUARDI

27 — *Maison de Pêcheurs au bord de la Mer.*

Toile. Haut., 43 cent.; larg., 69 cent.

HACKERT ET A. VAN DE VELDE

28 — *Le Passage de la Mare.*

Un troupeau de bœufs revient du pâturage par une route au
milieu de la forêt: le berger traversant une mare marche derrière avec son bâton. A gauche, une paysanne, son âne et
son chien traversent aussi, plus loin un cheminot est assis au
bord de la route. Au fond, sur le flanc d'une colline on aperçoit
un vieux château-fort. Le soleil, perçant le feuillage, pénètre
çà et là dans la forêt.

Toile. Haut., 50 cent.; larg., 50 cent.

(*Vente du duc de Berri. 1831.*)
(*Vente du comte R. de Cornellissen. Bruxelles. 1857*).

Décrit dans le catalogue raisonné de Smith.

HALS

(DIRK)

(1680-1656)

29 — *Réunion dans un Parc.*

Dans un jardin, séparé de la maison par des buissons et des arbres, une galante société est réunie. Au premier plan, un jeune homme tient par la main une jeune femme vêtue de jaune, vue de dos.

A droite, des couples se causent, à gauche, un petit groupe est assis et boit. Plus loin, deux jeunes gens bavardent.

A gauche, s'étend un paysage boisé, d'où dépasse un clocher d'église; au bord de la rivière deux pêcheurs retirent leur filet.

Signé en bas à gauche et daté.

Bois. Haut., 49 cent.; larg., 64 cent.

HEDA

(GUILLAUME-NICOLAS)

30 — *Le Baguier de nacre.*

Sur une table en partie cachée par une nappe blanche sur un tapis vert, on voit une coquille de nacre à nautiles avec garniture de bronze doré, renversée sur une assiette de métal et montée sur socle sculpté.

Autour se trouvent : un couteau, un citron à demi épluché, un pâté de mûres à demi entamé, un petit verre de cristal, un verre de Bohême à demi rempli, un calice de cristal à couvercle et une assiette d'étain sur laquelle est posée une grappe de raisin.

Fond sombre.

Bois. Haut., 34 cent.; larg., 48 cent.

(*Vente Sedelmeyer.*)

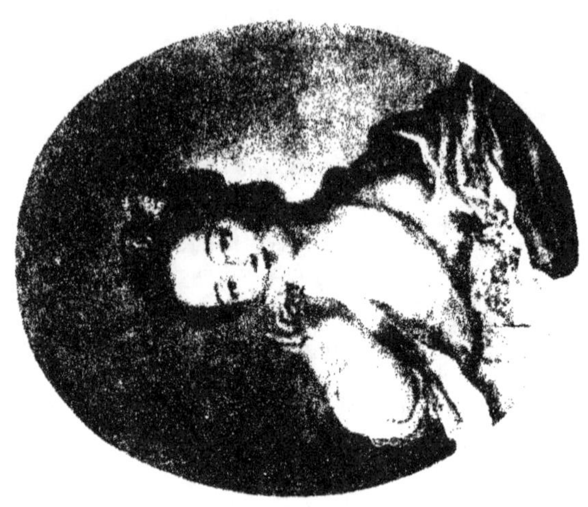

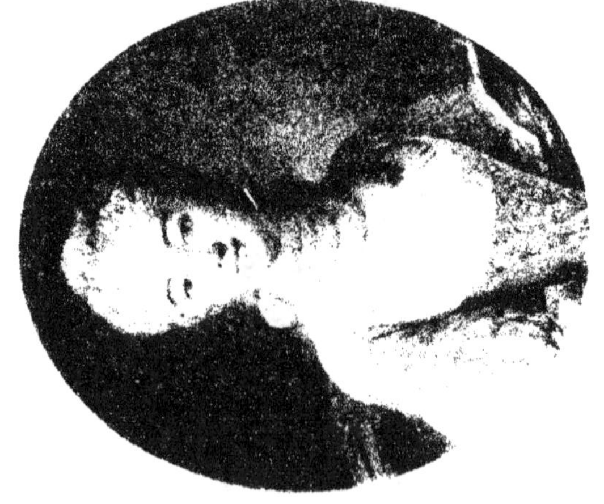

HALS

Réunion dans un Parc.

HEDA

Le Baguier de nacre

(Vente Sedelmeyer.)

32

4400

56

10 100

JARDIN
(KAREL DU)

3i — *Animaux au Pâturage.*

260

Toile. Haut., 50 cent.; larg., 43 cent.

KRAFFT
(1744-1792)

32 — *Portrait de Dame.*

Vue de face elle est représentée jusqu'à mi-corps, assise sur un fauteuil vert.

Sa figure aux grands yeux bleus et aux sourcils noirs a des traits réguliers et harmonieux. Quelques perles parsèment ses cheveux poudrés dont une boucle retombe sur sa gorge, ornée d'un joli collier de perles fines à quatre rangs. Elle est vêtue d'un corsage bleu décolleté, argenté sur le devant et garni de dentelles. Sur la manche gauche, on aperçoit un manteau rouge doublé d'hermine.

Signé à droite : Krafft Suédois 1762.

Toile, forme ovale. Haut., 65 cent.; larg., 54 cent.

LANEN
(VAN DER)

33 — *Joyeuse Compagnie.*

Bois. Haut., 42 cent.; larg., 61 cent

LARGILLIÈRE

(NICOLAS DE)

(1656-1746)

34 — *Portrait présumé de la marquise Dangeau.*

Elle est représentée de trois quarts à gauche jusqu'à mi-corps. Dans l'écartement d'un riche manteau bleu, doublé de soie à dessins blancs et dorés, elle apparaît en corsage de drap d'or décolleté, à revers de velours carmin.

Son corsage et sa manche ouverte près de l'épaule sont enrichis de beaux pendentifs en perles fines.

Son visage aux grands yeux noirs sourit légèrement et est surmonté d'une coiffure poudrée.

Fond brun.

Toile ovale. Haut., 83 cent.; larg., 65 cent.

Cadre bois sculpté.

LARGILLIÈRE

(NICOLAS DE)

35 — *Portrait du peintre Oudry.*

Vu de profil, il tourne la tête de notre côté et se détache sur un ciel nuageux. Sa figure ronde aux traits réguliers et énergiques est très expressive.

Il porte une grande perruque blonde et sur son épaule est jeté un épais manteau de velours écarlate. A son cou, nous apercevons un jabot de dentelle. A gauche, quelques arbustes.

Toile. Haut., 73 cent.; larg., 60 cent.

Cadre en bois sculpté.

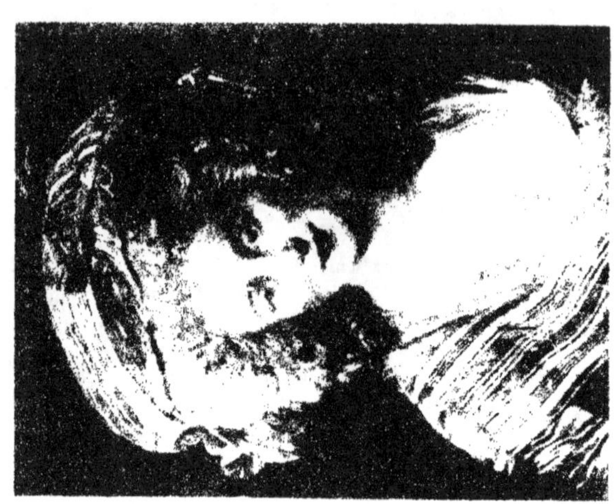

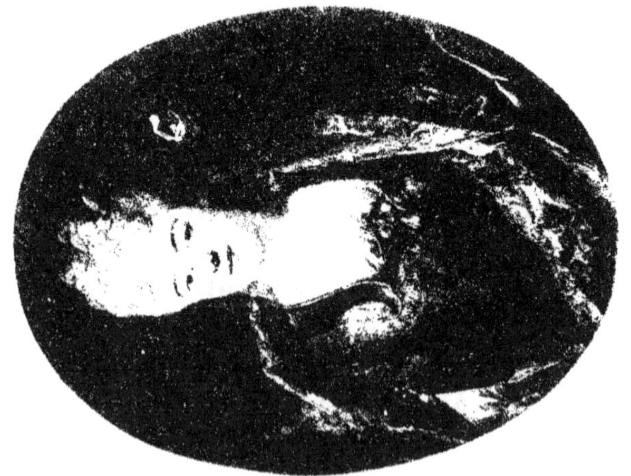

LARGILLIERE

54 — *Portrait présumé de la marquise Dangeau.*

LARGILLIERE

35 — *Portrait du peintre Oudry.*

34

62

LEDOUX

(MADEMOISELLE)

(1767-1840)

36 — *Tête d'Enfant*.

Vu de trois quarts, il se détache sur un fond verdâtre et
songe. Sa jeune tête aux joues roses et rebondies est surmontée
de cheveux roux formant de petites boucles. Il est vêtu d'une
veste grise, à revers rouges, entr'ouverte sur sa gorge.

Toile Haut., 44 cent.; larg., 36 cent.

LEMOYNE

(FRANÇOIS)

(1688-1737)

37 — *Hercule et Omphale*.

Assis sur une draperie blanche à ornements dorés, Hercule,
tenant entre ses mains un fuseau et une quenouille, regarde amou-
reusement Omphale. Celle-ci se tient debout à côté de lui et,
enroulant un bras autour de son cou, elle s'appuie sur sa
robuste épaule. Une peau de bête est négligemment jetée en
travers de son corps et elle tient sous son bras la massue
d'Hercule. Derrière eux pend une draperie rouge; à droite, aux
pieds du Dieu, l'Amour aux yeux malins, et, au fond, un
paysage.

La composition a quelques variantes avec le tableau du
musée du Louvre et probablement était une première pensée
de cette composition.

Toile. Forme ovale. Haut., 1 m. 14; larg., 88 cent.

Cadre bois sculpté.

LE NAIN

(LES FRÈRES)

(XVIIᵉ SIÈCLE)

38 — *Famille de Paysans.*

Devant la ferme, près du puits, devant lequel une paysanne, le visage à contre-jour, est en train de remonter une bassine d'eau, ils se sont arrêtés. A gauche, une femme assise fait manger à sa fillette une bouillie, dont elle porte l'écuelle sur ses genoux; près d'elle, une jeune fille, plus âgée et debout, apporte une assiette de terre à un gamin, assis sur le sol et tendant les mains; un âne vient flairer cette pitance.

Derrière, dans l'ombre, deux chemineaux sont debout, accompagnés d'un chien.

Au fond, on aperçoit une chaumière dans le pré, sous un ciel gris.

Toile. Haut., 97 cent.; larg., 1 m. 01.

(*Collection Ch. Sedelmeyer.*)

LEPRINCE

(J.-B.)

(1733-1781)

39 — *Le butin du Vainqueur*.

Sous un dais d'étoffe rouge frangée d'or, le sultan est assis
habillé de vert et coiffé d'un turban dont la plume verte est
retenue par un gros joyau d'améthyste. De la main gauche, il
montre une belle esclave que des soldats lui apportent. Légé-
rement drapée de vert et inclinant tristement la tête en avant.
elle porte sur sa poitrine découverte un collier de perles.
Derrière elle suivent d'autres prisonniers, hommes et femmes.

Au premier plan, des soldats apportent toutes sortes de
riches objets d'art, vases richement décorés. coffrets de bijoux.
brûle-parfums, etc.

Toile. Haut., 1 m. 45.; larg., 1 m 20.

LEPRINCE

40 — *Le Pacha*.

Paresseusement assis sur de moelleux coussins, le pacha reçoit les présents de ses sujets. Une draperie violette suspendue au-dessus de sa tête encadre un grand vase doré placé derrière lui ; à ses pieds, un garde du corps, coiffé d'un bonnet rouge, dévisage l'envoyée qui offre les présents ; c'est une blonde jeune femme au profil délicat, légèrement drapée d'une chemisette blanche et d'un manteau rouge qui découvre toute une jambe bien faite. Elle offre au prince une toque enrichie de pierreries que lui présente sa compagne, sur un coussin bleu. D'autres suivantes, à genoux, tirent d'un coffre de riches étoffes finement nuancées et rehaussées d'or. A droite, du haut d'un balcon de pierre, quelques esclaves nègres contemplent la scène.

Toile. Haut., 54 cent.; larg., 65 cent.

Cadre en bois sculpté.

LOO

(VAN)

41 — *La visite au Sculpteur*.

Un gentilhomme et sa femme, tous deux richement habillés, lui d'un élégant pourpoint rouge brodé d'or, elle d'une jupe rayée bleue et blanche et d'une pèlerine de satin jaune bordée de fourrure, sont venus voir un sculpteur. Celui-ci leur montre un buste de femme qu'il vient sans doute d'achever. Au fond de l'atelier, différents plâtres sont accrochés ou posés sur des planchettes.

Bois. Haut., 33 cent.; larg., 28 cent.

LEPRINCE

40 — *Le Pacha*

LÉPY

41 — *La visite au Sculpteur*

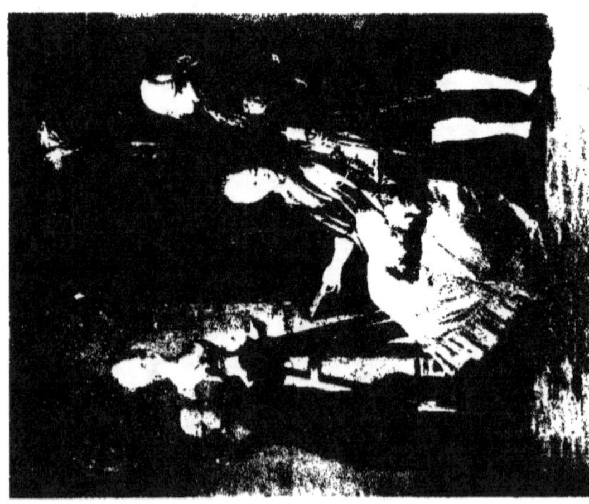

MARCELLIS
(OTTO)
(1613-1673)

42 — *Plantes et Insectes.*

Au pied d'un tronc d'arbre, on voit des plantes grimpantes, des fleurs, et partout çà et là des insectes et des reptiles. Sur la droite, un lapin se cache sous un chardon.

Toile. Haut., 1 m. 20 ; larg., 1 m. 68.

(Collection Sichel.)

MARCELLIS
(OTTO)

43 — *Les Hérons.*

A droite, dans une mare, où l'on voit des grenouilles, deux hérons pêchent : sur les bords, se trouvent des plantes aquatiques, des fleurs, des insectes et des oiseaux. Dans le fond, à gauche, on aperçoit une colline.

Toile. Haut., 1 m. 20 ; larg., 1 m. 68.

(Collection Sichel.)

Ces deux tableaux se faisant pendant sont dans des cadres en bois sculpté et doré, cornes d'abondance, rinceaux, volutes, coquilles, etc.

4

MIERIS

(G. VAN)

(1662-1747)

44 — *Bacchus.*

Vêtu d'une peau de bête, Bacchus est couché sur un rocher,
au pied d'un arbre; deux amours le couvrent de guirlandes,
tandis que derrière lui une nymphe pose des fruits dans ses
cheveux. La scène est éclairée d'un bel effet de lumière. Au
fond et à droite s'étend un paysage.

Signé en bas et daté 1710.

Bois. Haut, 41 cent.; larg, 35 cent.

MOLENAER

45 — *Le Vieux Château.*

Au premier plan, des personnages causent, assis au pied d'un
vieux et pittoresque château environné d'arbres et de buissons
qui commence à tomber en ruines. Plus loin, des pêcheurs
sont assis au bord d'un étang.

Bois. Haut., 41 cent.; larg., 36 cent.

MIERIS

Bacchus

MOLENAER

Le ... Château

MOREELSE

(PAUL)

(1571-1638)

46 — *Portrait de Dame hollandaise.*

Elle est vue debout jusqu'aux genoux, et son visage, à l'expression un peu naïve, émerge d'une épaisse collerette blanche.
Autour de sa tête elle porte une sorte de bonnet de dentelles.
Elle est vêtue d'une robe noire qui nous laisse apercevoir un
gilet doré, à ornements de couleurs, qui tombe très bas. Ses
manches ont des revers de dentelles et ses poignets sont
entourés de bracelets.

De sa main droite ornée de bagues elle serre une épaisse
chaîne en or enroulée autour de sa taille. De la main gauche
elle tient des gants blancs à poignets richement ornés.

En haut, à gauche, on lit :

Ætatis 24.
Anno 1622.

Bois. Haut., 1 metre; larg., 71 cent.

Cadre en bois sculpté.

MOSTAERT

(JEAN)

(1474-1555)

47 — *Marguerite d'Autriche, fille de l'Empereur Maximilien et de Marie de Bourgogne, femme de Philibert, duc de Savoie.*

Elle se détache sur un fond de draperie verte, tenant, de ses mains fines ornées de bagues, un missel ouvert qu'elle est en train de lire. Le visage, d'une carnation délicate, d'un ovale régulier, est légèrement incliné en avant. La tête, aux cheveux roux disposés en bandeaux, est surmontée d'un petit bonnet à ornements jaunes couvert de tulle.

Elle porte une robe de velours violet à manches rouges, recouverte d'un écharpe d'hermine qui retombe sur ses bras. Au cou pend une chaîne d'or retenue par une broche ornée de joyaux. Devant elle une table sur laquelle sont posés un brûle-parfums en or et un parchemin.

Bois. Haut., 69 cent.; larg., 61 cent.

MUSTAERT

Marguerite d'Autriche, fille de l'Empereur Maximilien et de Marie de Bourgogne, femme de Philibert le Beau.

47

NEEFS

(PETER)

48 — *La Visite à la Galerie.*

A l'intérieur d'une riche et vaste salle éclairée par de larges
fenêtres à droite. le maître de la maison fait visiter sa galerie
à trois de ses amis, dont l'un ressemble à Rubens. Il leur
montre un buste antique qu'il tient dans ses bras. Un petit
chien les accompagne. Devant eux, sur une grande table recouverte d'un tapis rouge, sont disposés quelques plâtres.

Les murs de la galerie. en bois richement sculpté. sont
garnis de tableaux des maîtres du temps. Ici. on voit un
Rubens, un Ruysdaël. là un Peter Neefs, un Van Dyck, un
Hobbema. anisi que des fleurs, des panneaux décoratifs et
d'autres tableaux encore.

Au milieu du panneau du fond se trouve une grande cheminée de marbre avec de grands chenets dorés. Le long des
murs, sont rangées des chaises ainsi qu'un petit coffre sculpté.
Par la porte ouverte on aperçoit la cour et la rue.

Les personnages sont d'un autre maître et peints dans la
manière de Van Dyck.

Signé sur le bas de la fenêtre à droite.

Bois. Haut.. 50 cent.; larg.. 64 cent.

OSTADE

(ADRIEN VAN)

(1610-1685)

49 — *Le Fumeur*.

Vieux et laid, il est assis sur un tabouret et accoudé sur son genou. Sa tête mal rasée, toute ridée et rouge, est surmontée d'une toque de feutre mise de travers. Il porte un gilet rouge et un pantalon brunâtre.

De sa main gauche il tient une longue pipe en terre. Au fond on aperçoit un tonneau où sont posés divers ustensiles.

Signé en bas à droite.

Bois. Haut., 27 cent.; larg., 22 cent.

OSTADE

(ISAAC VAN)

(1621-1657)

5o — *Intérieur de Ferme*.

Dans une sorte de hangar, un paysan, coiffé d'un grand cha-peau de feutre et vêtu d'une veste rose, est occupé à gonfler une vessie, ce qui intéresse vivement un jeune enfant planté en face de lui. Plus loin, à gauche, une vieille femme est en train de laver. Çà et là un tonneau plein de linge, un panier, un pot de grès, des balais. Par la porte grande ouverte on aperçoit la route bordée d'arbres.

Bois. Haut., 68 cent.; larg., 54 cent.

Cadre en bois sculpté.

OSTADE

49 — Le Fumeur

[illegible]

OSTADE

50 — Intérieur de Ferme

[illegible]

OUDRY

(JEAN-BAPTISTE)

(1686-1755)

51 — *Nature morte.*

Au pied d'un arbre sont pendus un grand lièvre et une
perdrix, tableau de la chasse. Le lièvre, d'un beau poil roux,
retombe sur le devant du tableau et sa tête, d'où coule un peu
de sang, repose sur la terre. Derrière lui la perdrix pend,
accrochée par la patte; elle est grise et ses ailes, qui retombent
un peu, nous laissent voir son ventre parsemé d'un fin duvet
blanc.

Dans le coin à droite un oiseau gît sur le sol, les deux pattes
en l'air. Il a quelques plumes rouges sur la tête et ses ailes
noires sont tachetées de blanc. A gauche, un petit massif de
roses trémières se détache sur le ciel bleu.

Signé en bas à gauche et daté 1718.

Toile. Haut., 80 cent., larg., 85 cent.

REBOUL

52 — *Deux gouaches sur vélin, allégories sur*
des princesses espagnoles.

RUYSDAEL

(JACOB)

53 — *Le Ruisseau.*

Au bord de la forêt, coule un petit ruisseau limpide, formant une petite cascade au milieu du tableau. Autour de l'eau, nous voyons quantité de personnages : à gauche, un cavalier vu de dos, vêtu d'un manteau rouge, montre la cascade à ses compagnons, pendant que ses deux chiens se désaltèrent. Plus loin, des paysans sont assis sur un tronc d'arbre.

A droite, un cavalier, accompagné d'un chien noir, s'apprête à remonter sur son cheval blanc. Au fond, parmi les buissons, une femme vient prendre de l'eau, des bûcherons transportent du bois, un cavalier s'en va dans la forêt.

Au dernier plan, une colline rocheuse émerge de la forêt et se détache sur le ciel nuageux.

Signé en bas à gauche.

Les figures sont peintes par Philippe Wouwerman.

Toile. Haut., 51 cent.; larg., 65 cent.

Exposé à la Royal Academy en 1877.

(Collection de lady Elisabeth Pringle.)

RUYSDAEL

(SALOMON)

54 — *Fleuve gelé.*

Sur la rivière gelée, de nombreux personnages sont occupés à patiner.

A droite, des gens de qualité se font conduire en traineaux. Au fond, un petit pont conduit au village qui borde le fleuve.

Signé du monogramme sur un tonneau à gauche.

Bois. Haut., 43 cent.; larg., 64 cent.

RUYSDAEL

53 — Le Ruisseau

RUYSDAEL

Paysage

SANTERRE

(JEAN-BAPTISTE)

(1651-1717)

55 — *Marquise de Rubel.*

Elle est représentée en moissonneuse et est négligemment assise dans un champ sur un tas de blé, au bord d'un petit ruisselet. Son visage aux traits délicats est surmonté de cheveux poudrés retombant en boucles sur la nuque et parsemés de bleuets et d'épis.

La robe rose, serrée à la taille par un corselet doré, est décolletée, et les manches sont légèrement relevées sur ses bras. Ses pieds nus sont simplement chaussés de sandales retenues par des rubans bleus. Elle tient une serpette de la main droite; au fond, un bois et un paysage qui s'étend dans le lointain.

Signé à gauche.

Toile. Hauteur 93; largeur 74.

(Collection Mandel.

SCHALL

56 — *La Jeune Fille à la Rose.*

La jeune fille aux grands yeux mutins, dont la bouche mignonne sourit légèrement, présente de sa main droite une petite rose blanche. Elle est négligemment vêtue d'une robe blanche qui nous laisse voir sa poitrine. Des fleurettes roses sont piquées dans ses cheveux, et d'autres sont jetées sur son manteau bleu.

Toile. Forme ovale. Hauteur 55; largeur 45.

Cadre bois sculpté.

TOL
(DOMINIQUE VAN)

57 — *Le Goûter*.

Une vieille femme, coiffée d'un bonnet noir et vêtue d'un costume brun à manches rouges que protège un tablier bleu, est assise devant la grande cheminée; elle vient de retirer du feu un gâteau qu'elle tend à une fillette vue de dos, sur un tabouret; plus loin, un jeune garçon dévore déjà à belles dents. A côté de la vieille, sur un tabouret, une serviette et un plat de pommes de terre; sur le sol, un pot de grès, une assiette et un soufflet. Au fond, dans la pénombre, une femme dans une autre pièce est occupée à laver.

Signé à gauche.

Toile. Haut., 50 cent ; larg., 45 cent.

TOL
(DOMINIQUE VAN)

58 — *Soldat buvant*.

Assis devant une table, un vieux soldat, coiffé d'un casque, s'apprête à emplir son verre. Plus loin, un jeune homme le regarde en fumant sa pipe. Sur la table, une serviette et des morceaux de pain.

Bois. Haut., 31 cent ; larg., 45 cent.

Cadre en bois sculpté.

TRÉMOLLIÈRE

(1703-1739)

59 — *Vénus et l'Amour.*

Au pied d'un arbre, Vénus est couchée sur le sol parsemé
de fleurs, faisant décrire à son corps souple une courbe harmo-
nieuse. De ses deux bras, étendus au-dessus de sa tête, elle
tient une guirlande de fleurs et elle attire l'Amour comme pour
l'embrasser. Celui-ci, voltigeant en l'air, caresse d'une main la
figure de Vénus, tandis que, de l'autre, il retient la guirlande.
Une draperie rose voltige autour de la déesse. A gauche, une
cascade et des montagnes.

Signé en bas à gauche et daté 1738.

Salon de 1738.

Toile. Haut., 97 cent.; larg., 1 m. 27.

VELDE

(ADRIEN VAN DE)

(1639-1672)

60 — *Animaux au Pâturage.*

Une bergère est assise au pied d'un chêne, accompagnée du
berger qui dort, couché à côté d'elle, tandis qu'autour d'eux le
troupeau broute. Sur le devant du tableau, deux bœufs, l'un
roux et l'autre brun, sont éclairés par un effet de soleil;
à droite, deux moutons paissent, et à gauche des agneaux et
une chèvre somnolent au pied de l'arbre. Au fond, s'étend la
campagne, dont la vue est en partie interceptée par un petit
bois.

Signé en bas à gauche 1654.

Toile. Haut., 41 cent.; larg., 55 cent.

VELDE

(GUILLAUME VAN DE)

(1633-1707)

61 — *Marine.*

Signé du monogramme à gauche et daté 1682.

Toile. Haut., 31 cent.; larg., 39 cent.

VESTIER

62 — *Portrait présumé de la vicomtesse de Favières.*

Vue seulement de buste, elle regarde d'un air pensif et nonchalant. Ses traits sont fins et délicats et son teint frais et rose. Un chapeau de tulle blanc surmonte ses cheveux poudrés qui retombent en boucles sur ses épaules. Elle est vêtue d'un corsage décolleté bleu, rayé de blanc.

Toile. Haut., 52 cent.; larg., 41 cent

Cadre en bois sculpté.

48

60

VESTIER

63 — *La Jeune Femme blonde.*

Toile ovale. Haut., 61 cent.; larg., 47 cent.

(Collection Mercier de Niort.)

WATTEAU

(ATTRIBUÉ A)

64 — *Une Nymphe.*

Elle est assise sur un rocher, recouvert de draperies blanches et bleues et inclinant harmonieusement le haut de son corps à gauche. Elle s'appuie de ses deux mains sur un bouquet de fleurs. Quelques perles sont passées dans ses cheveux blonds. A droite, un gros vase de pierre, recouvert de feuillage.

Toile. Haut., 60 cent.; larg., 48 cent.

Cadre en bois sculpté.

WOUWERMAN

(PHILIPP)

(1619-1668)

65 — *Halte de Cavaliers.*

Deux cavaliers viennent de s'arrêter dans la campagne, au pied d'un arbre à moitié brisé, que la foudre vient probablement de ravager. L'un d'eux est descendu de son cheval blanc, qu'il attache à l'arbre, tandis que l'autre, vu de dos, est resté sur sa monture brune. A gauche, quelques rochers. Le soleil apparaît et éclaire la scène, chassant les derniers gros nuages orageux.

Bois. Haut., 36 cent.; larg , 40 cent.

(Collection du consul Harzoger, Amsterdam.)

(Vente W. Löwenfeld de Munich, Berlin, 1906.)

Décrit dans les maîtres hollandais du xviie siècle par le Dr. Hofstede de Groot.

66 — *Sous ce numéro seront vendus les Tableaux non catalogués.*

17428. — Librairies-Imprimeries réunies, MARTINET, Directeur.
7, rue Saint-Benoit, Paris.